Cómo atrapar a un monstruo

Texto: Adam Wallace

Ilustraciones: Andy Elkerton

Picarona

La escuela ha terminado, voy de regreso a casa.

¡Ha sido un día maravilloso!

¡Me han dado el papel de **MAESTRO NINJA** en la obra de teatro de este año!

OBRA ESCOLAR

¡Así que ahora también me siento valiente,
fuerte y lleno de coraje!
Pero si voy a ser un HÉROE,
¡entonces queda algo por hacer!

Cómo ser un NINJA

Verás, hay un **MONSTRUO** en mi armario, con garras y dientes, y muy peludo. Esta noche ¡voy a asustarlo!

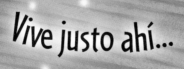

Vive justo ahí...

Localizo al monstruo de inmediato.

Está practicando su RUGIDO.

En otra ocasión me habría dado un susto

de muerte, pero ¡ya no tengo miedo!

Busco en mi **MOCHILA DE TRUCOS**

y saco mi primera trampa.

Atraparé al monstruo de inmediato.

¡Será visto y no visto!

Vale, es más fuerte de lo que pensaba.

Pero aún no estoy acabado.

¡Lo atraparé con mi

SUPERPEGAJOSA

red atrapadora ninja!

¡Aaah! ¡Se ha ESCAPADO otra vez!

Pero mi próxima trampa no fallará.

Utilizaré todos los trucos que tengo.

¡No se escapará de éste!

Lo miro y me devuelve la mirada.

Sus monstruosos ojos parecen tristes.

—Lo siento, amigo. De verdad. Por favor, no te enfades.

–Yo no quería asustarte.

Lo hice por error.

Es difícil jugar cuando estás dormido.

¡Te quiero **BIEN DESPIERTO**!

Entonces desactivo
mi **NINJA-BOT**,
y él separa los barrotes de la jaula.
Le estrecho la mano y, entonces,
él sonríe...

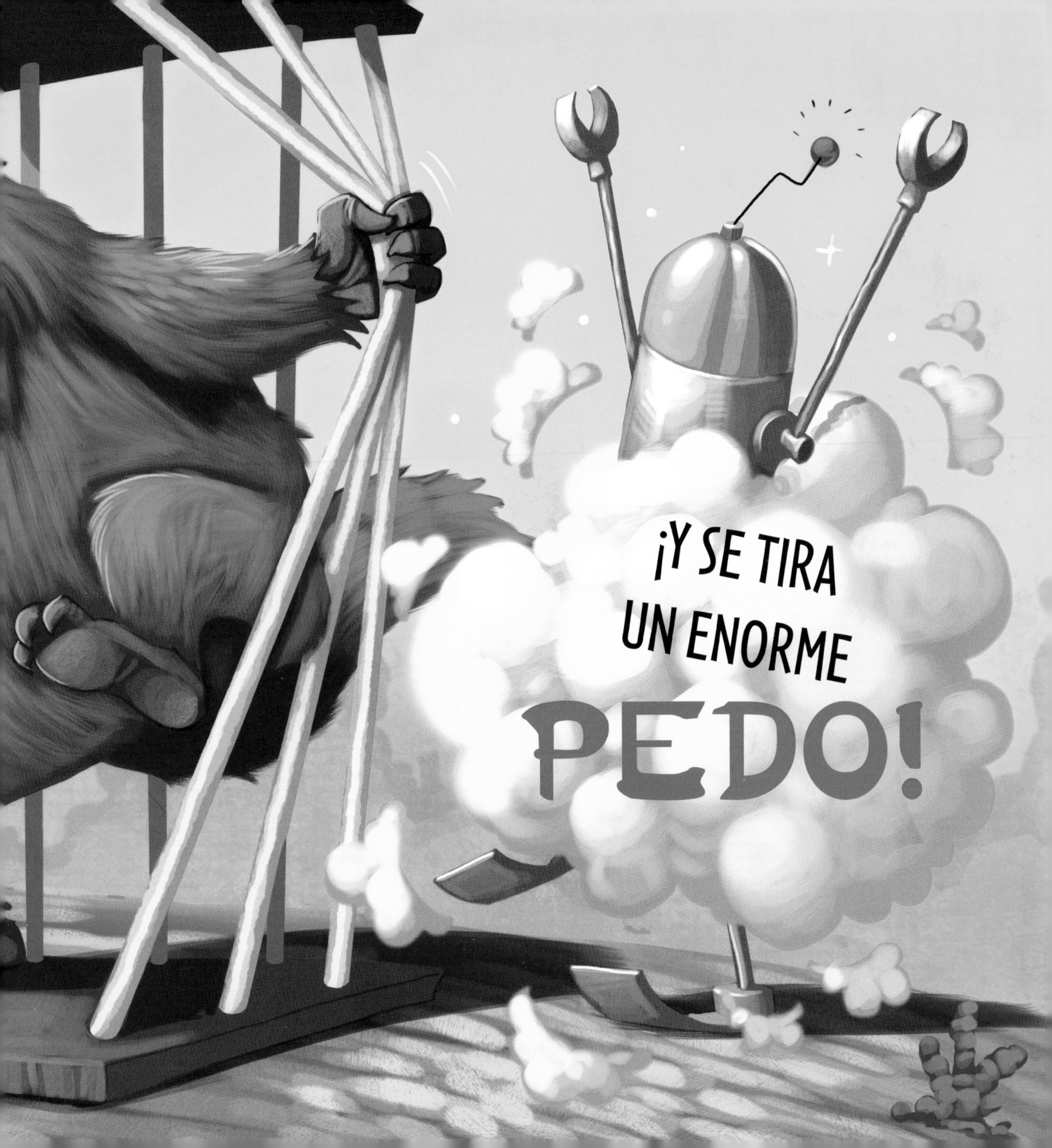

¡Y SE TIRA UN ENORME PEDO!

—Así es como decimos «Hola», amigo mío.

¡Lo hacemos todo el tiempo!

¡Simplemente respira un poco!

Verás que huele a fresas y lima.

Entonces me lleva a su casa,

que me resulta un poco extraña.

Me presenta a su mamá y a su papá.

¿Es ésta la CRIATURA a la que temía?

¡Jugamos durante horas, nos divertimos mucho,
y comemos pastel de volcán!
Y cuando me lanza al aire,
¡lo hace realmente alto!

Pero, al final, es hora de ir a la cama.

Me ayuda a cepillarme los dientes.

Pero aprieta el tubo y esparce todo

el dentífrico..., ¡es increíblemente fuerte!

La noche termina y mamá viene a arroparme.

Me alegra sentirme sano y salvo.

Es hora de decir buenas noches.

Puedes consultar nuestro catálogo en www.picarona.net

CÓMO ATRAPAR A UN MONSTRUO
Texto: *Adam Wallace*
Ilustraciones: *Andy Elkerton*

1.ª edición: marzo de 2019

Título original: *How to Catch a Monster*

Traducción: *Verónica Taranilla*
Maquetación: *Montse Martín*
Corrección: *Sara Moreno*

© 2017, Sourcebooks, Inc.
Originalmente publicado en Estados Unidos por Sourcebooks Jabberwocky, sello editorial de Sourcebooks Inc.
www.sourcebooks.com
(Reservados todos los derechos)
© 2019, Ediciones Obelisco, S. L.
www.edicionesobelisco.com
(Reservados los derechos para la lengua española)

Edita: Picarona, sello infantil de Ediciones Obelisco, S. L.
Collita, 23-25. Pol. Ind. Molí de la Bastida
08191 Rubí - Barcelona
Tel. 93 309 85 25 - Fax 93 309 85 23
E-mail: picarona@picarona.net

ISBN: 978-84-9145-234-8
Depósito Legal: B-4.380-2019

Printed in Spain

Impreso por SAGRAFIC
Passatge Carsí, 6
08025 - Barcelona